Manon Lescaut

FichesdeLecture.com

Manon Lescaut (Fiche de lecture)

I. INTRODUCTION

L'auteur

Antoine François Prévost, plus connu sous son titre ecclésiastique d'abbé Prévost, est un romancier, historien, journaliste, traducteur et homme d'Église né en 1697 et mort en 1763. Il fait des études chez les jésuites de La Flèche et de Rouen, avant de s'engager dans l'armée fin 1711.

En 1721, il entre chez les bénédictins de l'abbaye de Saint-Wandrille, avant de prononcer ses vœux à l'abbaye de Jumièges et de passer sept ans dans diverses maisons de l'ordre, en Normandie. En 1733, criblé de dettes, Prévost fonde à Londres le « Pour et contre », journal principalement consacré à la connaissance de la littérature et de la culture anglaise.

L'œuvre

Le siècle des Lumières est une période très féconde pour le roman, et elle amène de profondes mutations dans l'histoire de ce genre. « Manon Lescaut » se situe dans une phase de création et d'organisation en ce qui concerne le genre du roman.

Le roman que nous connaissons sous le nom de « Manon Lescaut » n'est en réalité qu'une partie des « Mémoires et aventures d'un homme de qualité qui s'est retiré du monde », le premier roman de l'abbé Prévost. Le titre complet de cet épisode, qui constitue le tome VII des Mémoires, est « l'Histoire du chevalier Des Grieux et de Manon Lescaut ».

Ce roman est publié pour la première fois en 1731. Malgré la censure, ce roman a connu dès sa première publication un vif succès. Il fait d'ailleurs partie des romans français les plus réédités.

II. RÉSUMÉ DU ROMAN

Première partie

Le marquis de Renoncour se trouve à Pacy-sur-Eure, à l'auberge. Des clameurs et des bruits attirent son attention : il s'agit d'une douzaine de prostituées, qui sont conduites sous bonne garde pour être déportées, qui attirent les badauds.

Le marquis remarque plus particulièrement l'une d'entre elles, qui se détache du groupe par son air distingué et sa grande beauté. Le marquis demande à un archer de qui il s'agit. Celui-ci lui dit qu'un jeune homme la suit en pleurant depuis Paris, d'où le cortège est parti. Le marquis approche donc le jeune homme et l'interroge.

Le jeune homme lui confie sa passion pour cette magnifique jeune femme et lui dit qu'il désire la suivre jusqu'en Amérique où elle doit être déportée. Le marquis est pris par la compassion et offre au jeune homme de le protéger. Il lui fait don de quatre louis d'or, et paye les gardes qui encadrent l'attelage pour qu'ils permettent au jeune homme de s'entretenir librement avec Manon durant le périple.

Deux ans plus tard (prolepse), les deux se retrouvent à Pacy. Le jeune homme fait grise mine, et le marquis décide de l'inviter à l'auberge du Lion d'Or, là où il loge. Le jeune homme lui raconte alors toute son histoire, que le marquis décide de retranscrire avec exactitude.

Là débute le récit de Des Grieux. Âgé de dix-sept ans, après des études de philosophie, le chevalier Des Grieux doit rejoindre son père à l'occasion des vacances. Sur le chemin, alors qu'accompagné de son ami Tiberge, il se promène, il fait la rencontre à l'auberge d'une charmante jeune fille qui répond au prénom de Manon.

Elle est sur le point de rentrer au couvent, contrainte et forcée par ses parents. Des Grieux est ravi par sa beauté et décide de s'enfuir à l'aube avec elle pour l'épouser dès que possible, malgré les mises en garde de Tiberge, qui est tout au long du roman l'image de la vertu. Ils atteignent Saint-Denis avant la tombée de la nuit, et décident de louer un appartement meublé à Paris, enfreignant ainsi les lois de l'église puisque le concubinage n'est pas toléré pour un couple non marié.

Après trois semaines de bonheur idyllique partagé, Des Grieux songe enfin à donner de ses nouvelles à son père. Il a deux raisons pour cela : non seulement il a besoin de son consentement pour se marier avec Manon, mais aussi il a tout simplement un grand besoin d'argent pour assurer le train de vie fastueux de Manon. Mais le malheureux va découvrir la présence dans son appartement de M. de B., fermier général, auquel Manon a soutiré de l'argent en lui accordant ses faveurs. Avant d'avoir pu éclaircir les raisons de sa présence, il se fait enlever par les laquais de son père, qui est inquiet de la vie dissolue qu'il mène en compagnie de Manon.

Son père lui apprend que c'est M. de B. qui lui a révélé le lieu où il était caché, espérant ainsi écarter son rival et pouvoir s'emparer de Manon, qu'il a séduite. Des Grieux passe alors six mois de désespoir, passant de la haine à l'amour à l'égard de Manon. Il ne parvient pas à s'échapper pour retourner à Paris. Le vertueux et pieux Tiberge le convainc alors d'entamer des études de théologie au séminaire de Saint-Sulpice.

À peu près un an plus tard, il retrouve Manon par hasard, alors qu'elle est venue l'écouter lors de la soutenance d'un exercice public au séminaire. Des Grieux, devenu abbé, est de nouveau subjugué par sa beauté et quitte sur-le-champ le séminaire pour partir vivre avec elle à Chaillot. Ils connaissent de nouveau une période de félicité que rien ne vient troubler jusqu'à l'arrivée de Lescaut, le frère de Manon. Il s'agit d'un individu aux mœurs douteuses et sans scrupules. Il introduit Des Grieux dans le monde du jeu.

Le chevalier assure donc la subsistance du trio grâce à ses dons de tricheur. Leur vie dissipée continue, malgré les mises en garde de Tiberge. Mais leur valet et leur femme de chambre leur dérobent tout leur argent, et Manon quitte donc Des Grieux pour profiter des largesses d'un vieil homme, M. de G... M...

Un peu plus tard, Manon demande à son frère de proposer à Des Grieux de se laisser lui aussi entretenir par cet homme, en se faisant passer pour son frère cadet. Des Grieux, prêt à tout pour conserver l'amour de Manon, accepte et joue le jeu. De son côté, Manon lui assure qu'elle n'accordera pas ses faveurs à M. de G... M... Mais celui-ci se rend compte de la tromperie et les fait arrêter.

Des Grieux est emmené à Saint-Lazare, tandis que Manon est emmenée à la Salpêtrière. Des Grieux obtient grâce à la sympathie du directeur le droit de recevoir une visite de Tiberge. Des Grieux convainc Tiberge de faire parvenir une lettre au frère de Manon. Lescaut lui procure un pistolet, grâce auquel Des Grieux force le directeur à lui ouvrir les portes. Un domestique de la prison tente d'arrêter Des Grieux, mais cela lui coûtera la vie.

Des Grieux poursuit sa route sans aucun sentiment de culpabilité, et part délivrer Manon. Il gagne la sympathie du fils de l'administrateur de la Salpêtrière, M. de T... Il entre dans la prison et parvient à enlever Manon en carrosse, grâce à la complicité du valet qui la gardait et au déguisement de Manon qui est habillée en homme. Des Grieux entre en conflit avec le cocher et demande l'aide de Lescaut. Celui-ci sera tué par un homme avec lequel il avait eu des démêlés peu de temps auparavant.

Manon et Des Grieux logent à l'auberge de Chaillot. Ils sont alors en sécurité, mais dépourvus de toute ressource. Tiberge les aide, et M. de T... quant à lui paie pour leurs vêtements. Là, Des Grieux fait une pause dans son récit pour souper avec Renoncour.

Deuxième partie

Des Grieux reprend son récit. À Chaillot, Des Grieux et Manon connaissent de nouveau le bonheur. Mais ce répit est de courte durée puisque le fils de M. de G... M... fait irruption, séduit par le charme de Manon. Celui-ci lui promet un hôtel meublé, un carrosse et trois laquais. Manon, ayant mis au point une ruse pour obtenir du fils de M. de G... M... dix mille francs et des bijoux, est subjuguée par tant de richesses et décide de passer la nuit avec lui. Manon le prévient au dernier moment par un billet qu'elle fait porter à Des Grieux.

Celui-ci, aidé de M. de T..., parvient à éloigner le fils de M. G... de M... et décident de souper et passer la nuit chez lui à ses frais, après une scène de dispute. Mais le vieux M. de G... M..., inquiété par la disparition de son fils, les surprend et les fait arrêter pour vol. Ils sont conduits à la prison du Châtelet. Le père de Des Grieux essaie d'intercéder en la faveur de son fils. Manon, au grand désespoir de Des Grieux, est condamnée à la déportation. Des Grieux tente sans succès de la libérer par la force. Des Grieux, désespéré, décide alors de la suivre dans sa déportation.

Après deux mois de navigation, ils arrivent enfin à destination, en Amérique. Le gouverneur, qui les croit mariés, les autorise à s'installer ensemble. Là, Des Grieux est agréablement surpris de la capacité de Manon à s'adapter à leur condition et leur train de vie misérable. Des Grieux lui propose le mariage, avec la bénédiction du gouverneur. Mais le neveu du gouverneur tombe amoureux de Manon, ce qui amène le gouverneur à revenir sur sa décision.

Des Grieux tente de raisonner Synnelet, le neveu du gouverneur, sans succès. Il le provoque donc en duel, et croit l'avoir tué au cours de l'affrontement. La seule solution pour Des Grieux et Manon est donc de fuir dans le désert. Après une très longue et pénible marche, Manon meurt d'épuisement.

Des Grieux reste longtemps prostré sur son corps sans vie, avant d'être rattrapé par des hommes qui ont été lancés à leur recherche. Il est finalement acquitté. Synnelet est remis de ses blessures et ne ressent pas de rancune envers Des Grieux. Celui-ci retrouve peu à peu le droit chemin. Six semaines plus tard, Tiberge débarque en Amérique et l'emmène en France, où Des Grieux apprend deux mois plus tard la mort de son père. Des Grieux reprendra après cette aventure une existence exemplaire, et ce pour tout le restant de sa vie.

III. ÉTUDE DES PERSONNAGES

Il convient de rappeler que les initiales étaient très fréquemment employées dans le roman du XIIIe siècle pour créer un effet de réel, en laissant le lecteur supposer que les personnes avaient une renommée telle qu'elles ne pouvaient être nommées explicitement sans être compromises. Il est donc fort probable que ces personnes n'aient jamais existé, mais que Prévost utilise tout de même ce procédé, pour contrer l'idée de l'époque selon laquelle le roman est le genre de la fausseté.

Manon

On ne trouve pas de description physique précise. Il n'est fait référence qu'à son « air », son « apparence », comme si elle était désincarnée, ou comme si le chevalier ne pouvait plus nous parler de ses attraits physiques de manière précise, puisqu'au moment du récit elle est déjà morte. Elle est très jeune (quinze ou seize ans), et elle est d'origine modeste.

Son passé est mystérieux. Sa famille ne s'occupe jamais de son sort, pas même lors de la déportation. Des Grieux nous dit qu'elle est très belle, cette description particulière la rend énigmatique. On peut aussi noter son goût pour l'improvisation, le théâtre, la poésie, la musique… mais aussi pour le mensonge. Elle se caractérise aussi par son courage, notamment lors de sa déportation.

Manon se caractérise par sa construction élaborée en tant que personnage romanesque. On peut la voir comme une figure de l'absence : elle est déjà morte lorsque le récit commence, et puisqu'on connaît son triste sort lorsque le récit commence, la mort plane au-dessus d'elle pendant toute la durée du récit. Elle se trouve prise entre deux feux : son amour passionné pour Des Grieux et son goût pour une vie fastueuse et dissolue, qui va d'ailleurs mener le couple à sa perte. Elle revient toujours vers le chevalier.

Elle place la jouissance de l'instant présent devant l'accomplissement d'un projet commun, et n'hésite donc pas à trahir Des Grieux. Il la décrit ainsi : « Elle est légère et imprudente, mais elle est droite et sincère ». Elle incarne l'amante et la femme fatale qui entraîne l'amant à la déchéance, en effet elle trompe trois fois des Grieux, avec M. de B., avec le vieux G. M., puis avec le fils de ce dernier. Elle le fait à chaque fois pour de l'argent et des Grieux, lui pardonne toujours.

Belle, charmante et aimable, elle semble exercer un certain pouvoir de séduction sur la plupart des hommes qu'elle croise, tous veulent la posséder, même le gardien à la prison de l'hôpital l'aide à s'évader. Cependant, son personnage est tragique, puisqu'elle se dirige vers une destinée malheureuse qu'elle n'a pas choisie. Elle est à la fois femme fatale et victime.

Des Grieux

Le personnage de Des Grieux pourrait être considéreré comme un « double » de Prévost. Son rôle est primordial ; malgré le titre du roman, il est bel et bien le personnage principal, mis en valeur par l'évanescence de la présence de Manon dans le récit. Il est le narrateur ; il est en position d'acteur dans tous les évènements qu'il raconte, et chaque évènement est raconté selon son point de vue. On remarque son habileté rhétorique et son souci d'adaptation à chaque interlocuteur.

Il reçoit une éducation austère, qui va contre son tempérament passionné et exalté, que Manon fait resurgir. Lorsqu'il rencontre Manon, c'est un véritable coup de foudre. Ce jeune homme naïf paraît complètement désarmé face à la tentation amoureuse. Il est conduit par la passion qu'il ne peut maîtriser en présence de Manon.

Il est d'origine noble, c'est un chevalier, ce qui socialement le place au-dessus de Manon, déséquilibre qui est rétabli par la force de la passion que Manon lui inspire. La passion révèle sa véritable nature, lui permet d'épanouir pleinement sa sensualité.

Des Grieux, malgré ses débordements passionnels, reste un personnage lucide, qui est capable de retrouver une certaine stabilité, comme après les trahisons de Manon et à la fin du roman.

Tiberge

Il incarne tout au long du roman l'image de la vertu. Ecclésiastique et ami du chevalier, c'est un homme sage. Il met en garde son ami lorsqu'il rencontre Manon et lui vient toujours en aide. Il ne semble pas juger les faiblesses de son ami.

IV. AXES DE LECTURE

Une description de la période de la fin du règne de Louis XIV

Cette époque correspond à une libération des mœurs. Tous les débordements deviennent possibles, Manon représente en quelque sorte les courtisanes de cette période. Tandis que des Grieux incarne la difficulté à se construire dans une société qui se métamorphose. On assiste à un libertinage des mœurs. Les milieux de la finance sont souvent corrompus.

Le roman nous dresse un portrait d'un milieu social immoral et corrompu, où l'argent régit les rapports humains. Manon et des Grieux sont entourés d'êtres dénués de principes moraux dont la seule raison de vivre est le plaisir. Dans ce milieu, il y a beaucoup de filles entretenues à l'instar de Manon.

En ce qui concerne les déportations en Amérique, elles avaient été décidées par Colbert. En 1669, plusieurs orphelines ont été envoyées pour peupler le Canada. En 1682, une centaine de prostituées partirent à leur tour. À partir de 1712, on en envoie en Louisiane, en Guadeloupe, Martinique, Saint-Domingue. La plupart des captives étaient entrées à La Salpêtrière pour débauches ou ivrognerie, d'autres suite à la requête de leur famille ou de personnes influentes, à l'instar de Manon. Arrivées en Amérique, elles étaient mariées.

Passion et morale dans Manon Lescaut

Prévost développe l'idée d'une « aristocratie de la sensibilité » : « les personnes d'un caractère plus noble peuvent être remuées de mille façons différentes » sont placées en opposition avec « le commun des hommes [qui] n'est sensible qu'à cinq ou six passions ». Le monde des hommes est donc fondé sur une dualité entre les hommes ordinaires et l'élite des hommes.

Les émotions de cette aristocratie sont donc les mille et une variations des émotions basiques que le commun des mortels peut ressentir. Mais la passion selon Prévost est très loin de l'épicurisme ou encore du stoïcisme. La passion est bénéfique pour l'homme en ce qu'elle le meut et lui permet d'évoluer. On ne vise pas l'ataraxie (absence de toute passion qui permet le repos absolu de l'âme), mais bien un constant mouvement intérieur.

Cette perspective de Prévost en ce qui concerne la passion invalide la position chrétienne sur la question (représentée par les discours de Tiberge), puisque les passions produisent des émotions si fortes, si surnaturelles, qu'elles sont à placer au-dessus du salut divin de par leur force immédiate.

Le déchaînement de passion de Des Grieux tranche bien entendu avec les discours de Tiberge mais aussi avec Des Grieux lui-même lors de son séjour au séminaire. On remarque une croissance dans l'intensité et la variété des passions de Des Grieux. Dans les six mois qui suivent la première trahison de Manon, Des Grieux se trouve dans « une alternative perpétuelle de haine et d'amour, d'espérance et de désespoir ». À sa seconde trahison, Des Grieux est tiraillé entre jalousie, honte, douleur, dépit, mais surtout, il avoue ressentir « encore plus d'amour ». À la troisième trahison, il pense pouvoir éviter « ces mouvements violents dont [il] avai[t] été agité dans les mêmes occasions », mais à cause de la dynamique cyclique des passions, il est amené de la « tranquillité » à « un transport terrible de fureur ».

Le malheur n'est pas causé par les passions elles-mêmes, mais par la brusquerie des mouvements qu'elles provoquent. La passion dans Manon Lescaut n'est pas immorale. L'aspiration au bonheur excuse tous les manquements aux règles morales ; l'amour est véritablement la valeur motrice de ce texte.

Ce qui permet aussi de ne pas considérer les personnages comme immoraux, c'est leur aspiration profonde à une vie simple. Malgré son amour du faste, Manon s'accommode de son existence misérable en Amérique, là où elle ne peut tout simplement plus du tout l'envisager du fait de sa condition de déportée. Des Grieux quant à lui connaît la tranquillité au séminaire, dans un cadre dépouillé et une vie rythmée par l'étude des Ecritures saintes. Le récit que Des Grieux fait à Renoncour le sauve (au sens chrétien du terme) car il agit comme une sorte de confession.

Un roman tragique ?

Manon et Des Grieux se déplacent beaucoup, chaque déplacement correspond à une étape de leur déchéance. Ils sont dominés par la passion qu'ils éprouvent l'un envers l'autre, mais celle-ci ne peut que se terminer tragiquement. Ce roman est également une tragédie, dans la mesure où la mort de Manon est un élément essentiel pour structurer l'ensemble du récit.

La passion décrite tout au long du récit apparaît extraordinaire à l'image de la fatalité antique. En effet, il y a cette dualité entre la raison et l'amour-passion qui fait de ces jeunes personnages des héros tragiques. Ils sont « ni tout à fait coupables, ni tout à fait innocents ».

Des Grieux, victime de sa passion pour Manon, est prêt à tout pour rester à ses côtés. Ils se font les artisans de leur perte. Ils sont finalement victimes de cette passion qui sera fatale pour la jeune fille. Elle conduit à la mort de l'une et à la déchéance de l'autre. Le personnage de Manon est tragique, puisqu'elle se dirige vers une destinée malheureuse qu'elle n'a pas choisie. Elle est à la fois femme fatale et victime.

Dans la même collection en numérique

Les Misérables
Le messager d'Athènes
Candide
L'Etranger
Rhinocéros
Antigone
Le père Goriot
La Peste
Balzac et la petite tailleuse chinoise
Le Roi Arthur
L'Avare
Pierre et Jean
L'Homme qui a séduit le soleil
Alcools
L'Affaire Caïus
La gloire de mon père
L'Ordinatueur
Le médecin malgré lui
La rivière à l'envers - Tomek
Le Journal d'Anne Frank
Le monde perdu
Le royaume de Kensuké
Un Sac De Billes
Baby-sitter blues
Le fantôme de maître Guillemin
Trois contes
Kamo, l'agence Babel
Le Garçon en pyjama rayé
Les Contemplations

Escadrille 80

Inconnu à cette adresse

La controverse de Valladolid

Les Vilains petits canards

Une partie de campagne

Cahier d'un retour au pays natal

Dora Bruder

L'Enfant et la rivière

Moderato Cantabile

Alice au pays des merveilles

Le faucon déniché

Une vie

Chronique des Indiens Guayaki

Je voudrais que quelqu'un m'attende quelque part

La nuit de Valognes

Œdipe

Disparition Programmée

Education européenne

L'auberge rouge

L'Illiade

Le voyage de Monsieur Perrichon

Lucrèce Borgia

Paul et Virginie

Ursule Mirouët

Discours sur les fondements de l'inégalité

L'adversaire

La petite Fadette

La prochaine fois

Le blé en herbe

Le Mystère de la Chambre Jaune

Les Hauts des Hurlevent

Les perses

Mondo et autres histoires

Vingt mille lieues sous les mers

99 francs

Arria Marcella

Chante Luna

Emile, ou de l'éducation

Histoires extraordinaires

L'homme invisible

La bibliothécaire

La cicatrice

La croix des pauvres

La fille du capitaine

Le Crime de l'Orient-Express

Le Faucon malté

Le hussard sur le toit

Le Livre dont vous êtes la victime

Les cinq écus de Bretagne

No pasarán, le jeu

Quand j'avais cinq ans je m'ai tué

Si tu veux être mon amie

Tristan et Iseult

Une bouteille dans la mer de Gaza

Cent ans de solitude

Contes à l'envers

Contes et nouvelles en vers

Dalva

Jean de Florette

L'homme qui voulait être heureux

L'île mystérieuse

La Dame aux camélias

La petite sirène

La planète des singes

La Religieuse

1984 A l'Ouest rien de nouveau

Aliocha

Andromaque

Au bonheur des dames

Bel ami

Bérénice

Caligula

Cannibale

Carmen

Chronique d'une mort annoncée

Contes des frères Grimm

Cyrano de Bergerac

Des souris et des hommes

Deux ans de vacances

Dom Juan

Electre

En attendant Godot

Enfance

Eugénie Grandet

Fahrenheit 451

Fin de partie

Frankenstein

Gargantua

Germinal

Hamlet

Horace

Huis Clos

Jacques le fataliste

Jane Eyre

Knock

L'homme qui rit

La Bête humaine

La Cantatrice Chauve

La chartreuse de Parme

La cousine Bette

La Curée

La Farce de Maitre Pathelin

La ferme des animaux

La guerre de Troie n'aura pas lieu

La leçon

La Machine Infernale

La métamorphose

La mort du roi Tsongor

La nuit des temps

La nuit du renard

La Parure

La peau de chagrin

La Petite Fille de Monsieur Linh

La Photo qui tue

La Plage d'Ostende

La princesse de Clèves

La promesse de l'aube

La Vénus d'Ille

La vie devant soi

L'alchimiste

L'Amant

L'Ami retrouvé

L'appel de la forêt

L'assassin habite au 21

L'assommoir

L'attentat

L'attrape-coeurs

Le Bal

Le Barbier de Séville

Le Bourgeois Gentilhomme

Le Capitaine Fracasse

Le chat noir

Le chien des Baskerville

Le Cid

Le Colonel Chabert

Le Comte de Monte-Cristo

Le dernier jour d'un condamné

Le diable au corps

Le Grand Meaulnes

Le Grand Troupeau

Le Horla

Le jeu de l'amour et du hasard

Le Joueur d'échecs

Le Lion

Le liseur

Le malade imaginaire

Le Mariage de Figaro

Le meilleur des mondes

Le Monde comme il va

Le Parfum

Le Passeur

Le Petit Prince

Le pianiste

Le Prince

Le Roman de la momie

Le Roman de Renart

Le Rouge et le Noir

Le Soleil des Scortas

Le Tartuffe

Le vieux qui lisait des romans d'amour

L'Ecole des Femmes

L'Ecume Des Jours

Les Bonnes

Les Caprices de Marianne

Les cerfs-volants de Kaboul

Les contes de la Bécasse

Les dix petits nègres

Les femmes savantes

Les fourberies de Scapin

Les Justes

Les Lettres Persanes

Les liaisons dangereuses

Les Métamorphoses

Les Mouches

Les Trois mousquetaires

L'étrange cas du Dr Jekyll et de Mr Hyde

L'Ile Au Trésor

L'île des esclaves

L'illusion comique

L'Ingénu

L'Odyssée

L'Ombre du vent

Lorenzaccio

Madame Bovary

Manon Lescaut

Micromégas

Mon ami Frédéric

Mon bel oranger

Nana

Ne tirez pas sur l'oiseau moqueur

Notre-Dame de Paris

Oliver twist

On ne badine pas avec l'amour

Oscar et la dame rose

Pantagruel

Le Misanthrope

Perceval ou le conte du Graal

Phèdre

Ravage

Roméo et Juliette

Ruy Blas

Sa Majesté des Mouches

Si c'est un homme

Stupeur et tremblements

Supplément au voyage de Bougainville

Tanguy

Thérèse Desqueyroux

Thérèse Raquin

Ubu Roi

Un Barrage contre le Pacifique

Un long dimanche de fiançailles

Un secret

Vendredi ou la vie sauvage

Vipère au poing

Voyage au bout de la nuit

Voyage au centre de la terre

Yvain ou le Chevalier au lion

Zadig

À propos de la collection

La série FichesdeLecture.com offre des contenus éducatifs aux étudiants et aux professeurs tels que : des résumés, des analyses littéraires, des questionnaires et des commentaires sur la littérature moderne et classique. Nos documents sont prévus comme des compléments à la lecture des oeuvres originales et aide les étudiants à comprendre la littérature.

Fondé en 2001, notre site FichesdeLectures.com s'est développé très rapidement et propose désormais plus de 2500 documents directement téléchargeables en ligne, devenant ainsi le premier site d'analyses littéraires en ligne de langue française.

FichesdeLecture est partenaire du Ministère de l'Education du Luxembourg depuis 2009.

Plus d'informations sur www.fichesdelecture.com

ISBN: 978-2-511-02828-5

Notes :